Ein Frühlingstag
mit Theodor Fontane

Ein Frühlingstag mit Theodor Fontane

Reclam

RECLAMS UNIVERSAL-BIBLIOTHEK Nr. 14644
2025 Philipp Reclam jun. Verlag GmbH,
Siemensstraße 32, 71254 Ditzingen
info@reclam.de
Umschlaggestaltung: zero-media.net
Umschlagabbildung: Paul Fischer, »Ein Fjord in der Nähe von Oslo« (1892) - Christie's Images / Bridgeman Images
Abbildung S. 6: Carl Breitbach, Gemälde von Theodor Fontane (1883)
Schmuckelemente: © shutterstock / Astro Ann, Maslova Yulia
Druck und Bindung: Esser printSolutions GmbH,
Untere Sonnenstraße 5, 84030 Ergolding
Printed in Germany 2025
RECLAM, UNIVERSAL-BIBLIOTHEK und
RECLAMS UNIVERSAL-BIBLIOTHEK sind eingetragene Marken
der Philipp Reclam jun. GmbH & Co. KG, Stuttgart
ISBN 978-3-15-014644-6
reclam.de

Inhalt

Theodor Fontane

Frühlingsgefühle mit Fontane

Als scharfsinniger Beobachter der preußischen Gesellschaft hat Theodor Fontane (1819–1898) eine ungewöhnliche Beziehung zum Frühling: Nicht dem Aufblühen von Flora und Fauna, sondern dem Erwachen menschlicher Regungen und Sehnsüchte gilt in dieser Jahreszeit seine Aufmerksamkeit.

In Fontanes Lebenserinnerungen ist der Frühling verknüpft mit wichtigen Figuren seiner Kindheit: einem lokalen Honoratior, einem Lehrer und nicht zuletzt mit seinem Vater. Sie alle prägten seine Jugend auf entscheidende Weise. In seinen Gedichten und Prosawerken dagegen wird der Frühling zum Symbol für Hoffnung und neue Möglichkeiten, wenngleich oft die Melancholie des Vergänglichen mitschwingt. Ein vielschichtiges Motiv also, das sowohl Freude als auch Traurigkeit in sich trägt und zum Nachdenken anregt.

Dabei ist die Aussicht auf einen neuen Frühling für Fontane auch immer wieder ein Trost in dunklen Stunden, den er mit uns teilt: »Alle Blumen, alle Blümchen, / Und darunter selbst ein Rühmchen / Haben auch für Dich geblüht!«

»Habt ihr es nicht vernommen?
Der Lenz ist angekommen!
Es sagen's euch die Vögelein,
Es sagen's euch die Blümelein,
Der Lenz ist angekommen.

Ihr seht es an den Feldern,
Ihr seht es an den Wäldern;
Der Kuckuck ruft, der Finke schlägt,
Es jubelt, was sich froh bewegt,
Der Lenz ist angekommen.«

Der Frühling eines Lebens

Sonntagsruhe, Dorfesstille,
Kind und Knecht und Magd sind aus,
Unterm Herde nur die Grille
Musizieret durch das Haus.

Glück

Frühlingszeit an der Swine

Im Alter von sieben Jahren zog Theodor Fontane mit seiner Familie von Neuruppin nach Swinemünde, wo der Vater eine kleine Apotheke hatte. Seine Zeit dort beschreibt Fontane in seinem autobiographischen Werk »Meine Kinderjahre« von 1893, aus dem die folgenden Auszüge stammen. Selbst in einer dunklen Lebensphase waren es jene Erinnerungen an unbeschwerte Spiele, kindliche Neugier und die prägenden Gestalten seiner Jugend, mit denen er sich wieder aufrichten und zu neuem Lebensmut finden konnte. All das schildert er in der für ihn typischen Liebe zu detaillierten Charakterstudien.

War dann im Frühling die Swine wieder eisfrei, so begann sich alsbald alles wie mit Zauberschlag zu beleben, und das Treiben am Strom hin zeigte, dass die Zeit zur Ausfahrt wieder nahe sei. Dann wurde der Schiffskörper auf die Seite gelegt, um ihn auf etwaige Schäden hin besser untersuchen zu können, und waren diese gefunden, so sah man, am anderen Tage schon, an der betreffenden Bollwerkstelle kleine, mit Holzspänen und zerfaserten alten Tauenden unterhaltene Feuer, in deren Mitte das Pech in eisernen Grapen brodelte. Ganze Haufen von Werg daneben. Und nun begann der Prozess des Kalfaterns. Kam dann Mittagszeit heran, so wurde noch eine Pfanne mit Kartoffeln und Speckstücken in die Glut geschoben, und viele, viele Male, wenn ich um diese Stunde hier meines Weges zog, sog ich begierig den appetitlichen Qualm ein, an dem mich der Pechbeisatz nicht im Mindesten störte. Noch jetzt nähre ich mich, oder doch wenigstens meine Nerven, mit Vorliebe von dem Erdpechqualm, der mitunter durch unsere neu zu asphaltierenden Berliner Straßen zieht.

Um die Frühjahrs- und Sommerzeit setzte sich dann auch der mitten im Strome liegende englische Dampfbagger wieder in Tätigkeit, dem es oblag, das Fahrwasser zu verbessern, und dessen aus der Tiefe heraufgeholte Erd- und Schlickmassen an einer flachen Stelle des Stromes ausgeschüttet und aufgetürmt wurden, um hier eine künstliche kleine Insel entstehen zu lassen. Ein paar Jahre später stand sie schon hoch in Rohr und Schilf und trägt jetzt wahrscheinlich Häuser und Etablissements der Marinestation, allen denen, die das erste Drittel des Jahrhunderts noch gesehen, den Wechsel der Zeiten und das Wachsen unserer Machtstellung bezeugend.

Halbe Stunden lang sah ich, wenn ich konnte, der Arbeit des englischen Baggers zu, dessen Ingenieur, ein alter Schotte namens Macdonald, mein besonderer Gönner war. Dass ich, ein Menschenalter später, seinen schottischen Clan bereisen und auf der Insel Icolmskill, unter Führung eines Macdonald, an die Stelle treten würde, wo nach alter Annahme König Macbeth begraben liegt – wer mir das damals gesagt hätte!

Und wie dem Baggern, so sah ich auch dem Anlegen der Schiffe zu, wenn diese von weiten Fahrten heimkamen, einzelne (wie die »Königin Luise«, ein Seehandlungsschiff) von ihren Reisen um die Erde, was damals noch etwas bedeutete. Mein Hauptschiff aber war der »Mentor«, von dem es hieß, dass er einen Kampf mit chinesischen Seeräubern siegreich bestanden habe. Die Seeräuber führten ein langrohriges Metallgeschütz mit sich, das besser schoss als die rohen, gusseisernen Kanonen, von denen der »Mentor«

etliche an Bord hatte. Dazu war das Piratenboot viel schneller, und so kam denn unser Swinemünder Kauffahrer alsbald in eine schlimme Lage. Der Kapitän aber wusste sich zu helfen. Er ließ all seine großen Böller an die eine Seite des Schiffes schaffen und mäßigte jetzt die Fahrt absichtlich, um den Verfolgern das Näherkommen leichter zu machen. Und nun war ihr Boot auch wirklich heran, und die Piraten trafen schon Anstalt, von der einen Seite her das Schiff zu ersteigen. Da gab der Mentor-Kapitän das verabredete Zeichen, und mit aller Kraft und Schnelligkeit rollten jetzt die Böller von der einen Schiffsseite nach der andern hinüber und schlugen, durch die dünne Wandung hindurch, auf das unten haltende, schon siegessichere Boot, das nun, von der Wucht der schweren eisernen Kanonen in Stücke gebrochen, mit Mann und Maus zugrunde ging.

Solche Geschichten waren immer in der Luft und knüpften nicht bloß an die Schiffe, sondern gelegentlich auch an die Häuser an, die den Schiffen gegenüber an der anderen Seite des Bollwerks lagen.

Der alte Krause

Die Herrschenden in der Stadt waren die *Krauses*, zugleich diejenigen, auf die die Verfeinerung des noch aus der Kriegszeit herstammenden derberen Tones zurückzuführen war. Das Haupt der Familie war um die Zeit, von der ich hier spreche, der Geheime Kommerzienrat Krause, meistens der »alte Geheimrat« oder auch nur kurzweg der »alte Krause« genannt. Alles erging sich in Respekt gegen ihn, und der meinige war schon da, bevor ich noch den Vielgefeierten von Angesicht zu Angesicht kennengelernt hatte. Das hing so zusammen. Am Bollwerk lag ein besonders großes und schönes Schiff, das vorn am Gallion statt eines Namens einfach die Bezeichnung »Der neunte März« trug. Ich fragte, wie das käme, und hörte nun, was sofort einen großen Eindruck auf mich machte, dass der 9. März der Geburtstag des alten Krause sei. Bald danach sah ich diesen zum ersten Mal, als er am Anlegeplatz des Stettiner Dampfschiffs einen Gast empfing. Er war, trotz seiner beinah siebzig, noch in glänzender Verfassung, so dass ich sagen darf, auf meinem Lebenswege niemandem begegnet zu sein, der mir die dominierenden Gestalten des vorigen Jahrhunderts so veranschaulicht hätte wie er. Die Männer von heute wirken wie blass daneben, weil ihnen *das* fehlt, was sich in der Gegenwart nicht gleich glücklich entwickeln kann: ein ungeheures Selbstgefühl. Wo kam nun dies Hochmaß her? Man sollte füglich glauben, dass es in Zeiten, in denen der unter Umständen auch die höchsten Würdenträger des Staats nicht schonende friderizianische Krückstock noch immer umging, an diesem Selbstgefühl hätte fehlen müssen, aber es lag umgekehrt und musste so liegen, denn gerade so selbstherrlich wie der Fürst des Landes, so selbstherrlich war jeder in seinem Kreise. Man glaubte ehrlich an die Staatspyramide, bei der es natürliches Gesetz war, dass der obere Stein auf den unteren drückte. Jeder herrschte nach dem Maß seiner Stellung und seiner Verhältnisse. Beim alten Krause kam zur Stärkung des Selbstgefühls und eines aus glücklichen Lebensverhältnissen erwachsenen Glaubens an sich noch ein anderes hinzu: die Macht einer ausgesprochenen, in jedem Augenblick in Haltung und Miene sich kundgebenden Männlichkeit, eine Macht, die vielleicht zu keiner Zeit eine so hervorragende Rolle gespielt hat wie während des vorigen Jahrhunderts und nicht zum wenigsten – man gedenke des russischen Hofes – auf dem Felde großer und kleiner Politik.

Und auf ebendiesem Felde mit Hilfe glücklicher natürlicher Gaben sich zu betätigen, dazu bot auch der Beginn *dieses* Jahrhunderts noch volle Gelegenheit und vielleicht nirgends mehr als in unseren Seestädten, wo die Kontinentalsperre die Schwierigkeiten der durch die Fremdherrschaft geschaffenen Lage verschärfte. Jedenfalls lag es dementsprechend in Swinemünde, das zu jener Zeit eine französische Garnison besaß oder doch das, was man damals so nannte. Sah man näher zu, so waren es meist Truppen aus den Rheinbundstaaten, Hessen, Nassauer, Westfalen. An den Odermündungen, speziell in Swinemünde, standen Badenser, die sich gut nahmen und mit denen man, unter gegenseitigem Entgegenkommen, auf vortrefflichem Fuße lebte, bis eines Tages Fritz von Blanckenburg, wenn ich nicht irre, der Vater oder Oheim des späteren konservativen Abgeordneten, durch einen geschickt geplanten Überfall die ganze badisch-französische Besatzung gefangennahm. Inmitten solcher Ereignisse sich gegen den Verdacht der Mitschuld und andererseits, bei Bekämpfung dieses Verdachts, auch wiederum gegen den Vorwurf einer undeutschen und illoyalen Gesinnung zu schützen, konnte nur einer so siegreichen und zugleich so diplomatischen Persönlichkeit, wie die des alten Krause, gelingen, die denn auch klug und fest alles zu gutem Ende führte.

Ja, der alte Krause! Solange es die Verhältnisse forderten, war er, neben vielem anderen, auch ein guter, in die Zeit sich schickender Diplomat gewesen, als dann aber die Tage des ersten freien Aufatmens kamen, erwies er sich als ein noch besserer Patriot. Kaum dass der Aufruf des Königs erlassen war, so war er da, sich in seiner Vaterlandsliebe zu betätigen. Er begnügte sich nicht, einen reitenden Jäger in voller Equipierung zu stellen, sondern machte zugleich das Anerbieten, zwanzig Jäger zu Fuß zu rüsten und ein Jahr lang zu unterhalten. Zwei Jahre später, nach der Rückkehr Napoleons von Elba, ließ er seinen inzwischen herangewachsenen ältesten Sohn als Freiwilligen eintreten, in welcher Eigenschaft dieser den Feldzug von Anno 15 mitmachte.

Zeigte dies alles seine loyale Gesinnung, so bewies es nicht minder seinen glänzenden, durch die voraufgegangenen Kriegsjahre mehr geförderten als verminderten Besitz- und Vermögensstand. Und so lag es in der Tat. Hätte es aber noch eines Beweises dafür bedurft, so wäre dieser dadurch erbracht worden, dass der alte Krause, nach wiederhergestelltem Frieden, ein in der Nähe Stettins gelegenes Gutsareal, die Güter Kolbatz, Hoffdamm und Heidchen, für die damals bedeutende Summe von 255 000 Talern an sich brachte. Das war 1816, und diese Zeit bezeichnete wohl den Höhepunkt im Ansehn der Familie.

Zu diesem Wiedereinbringen schien sich endlich Gelegenheit bieten zu sollen, als es Ende März 1828 hieß, Kommerzienrat Krause werde gleich nach Ostern einen Hauslehrer ins Haus nehmen und einige andere Honoratiorenkinder an dem seinen eigenen Kindern zu erteilenden Unterricht teilnehmen lassen. So war es denn auch. Es machte aber, außer meinen Eltern, keiner von dieser freundlichen Bereitwilligkeit Gebrauch, und als zwischen den beiden Familien alles verabredet und geordnet war, erschien ich bei Beginn des Unterrichts mit einer Seehundsfellmappe, drin drei Schreibebücher und ein Kinderfreund steckten, in der Schulstube des Krauseschen Hauses. Das Krausesche Haus, von dem ich in Kapitel 8 bereits ausführlicher gesprochen, war mir damals schon wohlbekannt, aber in *den* Teil des Hauses, der zunächst das Schulzimmer und rechts und links daneben zwei für den Hauslehrer eingerichtete Mansardenstuben enthielt, war ich noch nie gekommen. Ich empfing auch hier wieder sofort den freundlichsten Eindruck, indessen so freundlich derselbe war, so war doch keine Zeit, mich mußevoll umzutun, denn der Lehrer saß schon auf seinem kurulischen Stuhl, einem großen Sessel in Gartenstuhlformat, die zwei jüngeren Krauseschen Kinder neben sich, mein Freund Wilhelm ihm gegenüber. Neben diesem war noch ein Stuhl frei; der war für mich. Ich ging aber, so war ich instruiert, zuvörderst auf den Lehrer zu, um diesem die Hand zu geben. Er rückte denn auch, war er doch ohnehin kurzsichtig, seinen Sessel ein wenig herum, um mich besser sehen zu können. »Nun, das ist recht, dass du da bist. Setze dich da drüben neben deinen Freund. Und nun wollen wir mit einer Leseprobe beginnen. Ihr habt alle den Kinderfreund, und der soll auch bleiben. Aber heute möcht ich doch, dass wir zuerst die Bibel nähmen; ihr habt doch die Bibel?« Wir bestätigten, und er seinerseits fuhr fort: »Ich denke, wir fangen mit dem Anfang an. ›Im Anfang schuf Gott Himmel und Erde.‹ Für die zwei Kleinen ist es noch zu schwer, aber ihr beiden Großen könnt euch darin teilen.«

Wir lasen denn auch das Kapitel so ziemlich zu seiner Zufriedenheit, und als wir durch waren, sagte er: »Nun will ich noch ein paar Fragen tun und mir allerlei von euch erzählen lassen, ob ihr schon in Stettin wart oder in Rügen und ob ihr schon schwimmen könnt und Schlittschuh laufen und ob ihr wisst, wo Vineta gelegen hat. Ihr kennt doch Vineta?«

Wir sagten ihm, was ihn erheiterte, dass wir zu Boot über die Stelle hingefahren wären. Und dann frug er, welche Spiele wir spielten und ob wir's verständen, einen Drachen steigen zu lassen. Aber wir müssten ihn auch selber machen können. Es lag ihm offenbar daran, uns durch leicht zu beantwortende Fragen sowohl mit Vertrauen zu ihm wie zu uns selbst zu erfüllen. Es mochten so anderthalb Stunden vergangen sein, dann sagte er: »Nun ist es genug für heute, morgen wollen wir aber volle Zeit halten. Ich habe schon einen Stundenplan gemacht, und du musst ihn dir abschreiben.« Diese Worte richteten sich an mich. Ich erhielt dann noch die Bestellung an meine Eltern, dass er am Nachmittage kommen würde, seinen Besuch zu machen, worauf ich nach Hause stürmte, um zu erzählen, wie mirs gegangen sei. Meine Mutter war etwas überrascht, während mein Vater sagte: »Gefällt mir alles sehr; nur nicht gleich scharf zufassen. Immer peu à peu. Nicht quälen, nicht einschüchtern. Vertrauen wecken und Liebe. Und dass er euch gleich freigegeben hat! Das ist das, was ich einen richtigen Pädagogen nenne. Ferien sind etwas Dummes, ich habe nie gewusst, was ich in den Ferien machen sollte; aber Freistunden, à la bonne heure. Und dass er euch immer gefragt hat und sich gleich hat von Drachensteigen erzählen lassen! Er hat offenbar die sokratische Methode.«

Die hatte er nun freilich nicht, aber in allem, was mein Vater sonst noch zum Lobe des Hauslehrers gesagt hatte, hatte er recht. Dr. Lau, so hieß der neue Hauslehrer, war ein vorzüglicher Pädagog, weil er ein vorzüglicher Mensch war, und wenn ich oben gesagt habe, dass ich eigentlich alles den Anekdoten meines Vaters zu verdanken hätte, so muss ich doch den guten Dr. Lau ausnehmen. Dieser verstand es auch, einem allerlei kleine Geschichten, woran eine Kinderseele hängt, zu vermitteln, aber weil er zugleich ein geschulter Mann war, so tat er das alles in Ordnung und Zusammenhang, und das bisschen Rückgrat, das mein Wissen hat, verdank ich ihm.

Dr. Lau war ein Priegnitzer. Er mochte damals, als er ins Krausesche Haus kam, gegen dreißig sein, sah aber älter aus, was wohl damit zusammenhing, dass er zu jenen disproportionierten Leuten gehörte, bei denen Linien und Maße nicht recht stimmen. Man suchte sofort nach einem Buckel, trotzdem dieser eigentlich nicht existierte oder doch nur ganz embryonisch. Dafür war aber etwas anderes da: der bekannte große Kopf mit eindringlichem Gesicht und Leberteint, wozu sich dicht neben dem rechten Auge auch noch eine sogenannte »Himbeere« von apart dunklem Farbenton gesellte. Den Schluss machte eine große Brille mit Silberfassung, die er, wenn er etwas genau sehen wollte, jedes Mal abnahm und putzte. Das Ganze von Schönheit weit entfernt. Dennoch darf man sagen, dass er auch äußerlich einen guten Eindruck machte, weil man ihm Wohlwollen, Humor und Idealismus von der Stirn herunter lesen konnte. Solche Menschen gibt es nicht mehr oder doch kaum noch. Sie waren das Produkt einer armen, aber zugleich geistig strebsamen Zeit. In kleinen Verhältnissen geboren, hatten sie sich mit Notgroschen und Stipendien durchgeschlagen und unter Bitternissen und Demütigungen aller Art doch keinen Augenblick den Mut verloren. Ich kann mir diesen ihren Zustand aus meiner eigenen Vergangenheit heraus sehr wohl konstruieren. Als ich zwischen sechzehn und zwanzig Lehrling in einer Berliner Apotheke war, noch dazu an der Ecke der Heidereutergasse, lag mir unter anderen Unliebsamkeiten auch die Verpflichtung ob, jeden Sonnabend einen in einem hölzernen dorischen Tempel aufgebauten Teil der Apotheke, der den lächerlichen Namen corpus chemicum führte, mit einem großen, nassen Handtuche wieder sauber putzen zu müssen. Eine vollkommene Waschfrauenarbeit. Aber es störte mich sehr wenig, weil es sich nicht selten so traf, dass gerad an diesen Sonnabenden irgendeine Ballade von mir, sagen wir »Pizarros Tod« oder »Simson im Tempel der Philister«, in dem damals in der Adlerstraße erscheinenden »Berliner Figaro« gestanden hatte. Und dass ich mir nun sagen durfte, dieser »Simson im Tempel der Philister« rührt von *dir* her, trägt *deinen* Namen, gab mir ein so kolossales Selbstbewusstsein, dass nicht bloß das corpus chemicum, sondern mit ihm auch die ganze Prinzipalität samt allen Provisoren und Gehilfen als etwas tief Inferiores unter mir verschwand. Ich nehme an, so stand es auch mit Dr. Lau, der in dem Bewusstsein: »Ich bin ein Schüler von Schleiermacher und besitze nicht nur den Westöstlichen Diwan, sondern kann ihn sogar auswendig«, über alle Misere des Lebens weggekommen war und allem Anscheine nach auch jetzt wieder nach seinem Eintreffen in Swinemünde – dessen »Konsuln« ihm als einem guten Liviuskenner schwerlich imponierten – ein innerlich freies und glückliches Leben führte. Die Konsuln ihrerseits lachten natürlich auch über Dr. Lau und hielten ihn für eine komische Null.

So war seine Stellung zu den Stadtgrößen. Anders stand er in dem Krauseschen Hause, dem er jetzt angehörte. Da war er geliebt und geschätzt und antwortete darauf mit Hingebung und Treue. Wir liebten ihn außerordentlich und sahen in ihm etwas in jeder Hinsicht Ausgezeichnetes. Dass er uns, weil er seinem Herzen nicht Gewalt antun mochte, dann und wann Gedichte aus dem Westöstlichen Diwan, der seine Spezialität war, vorlas, war gewiss anfechtbar, aber dass er sich dadurch lächerlich gemacht hätte, davon konnte keine Rede sein. Im Gegenteil. Diese Vorlesungen, von denen wir natürlich kein Wort verstanden, waren uns nur die Besieglung alles dessen, was wir an diesem kleinen Manne mit dem buntkattunenen, immer die Brille putzenden Taschentuche bewunderten. Unter allem aber stand uns eines obenan: Er war nämlich auch Bräutigam. Das Bildnis seiner Braut, in Pastell, hing am Fußende seines Bettes, eine Pastorentochter von freundlichen, beinahe hübschen Gesichtszügen, mit einem schwarzen Samtband um den Hals, daran ein Medaillon hing. Das Gesicht war uns interessant genug, aber das Interesse, das es uns einflößte, verschwand doch neben dem Medaillon, weil wir von der Frage nicht los konnten: »Was steckt eigentlich darin? Ist es sein Bildnis oder ist es ein Schnitzelchen von seinem Haar?« Von Locke konnte nicht wohl gesprochen werden. Aber was es auch sein mochte, ein Liebeszeichen war es gewiss, und wenn wir dann wieder etwas von Suleika hörten, so folgten wir freudiger und geduldiger und suchten nach Ähnlichkeiten zwischen der Schönheit aus dem Osten und der Pastorentochter aus der Ost-Priegnitz. Übrigens wolle man aus dem Pastellbilde am Fußende des Bettes nicht schließen, dass Dr. Lau von einer gekünstelt heraufgeschraubten Gefühlsbeschaffenheit gewesen wäre, ganz im Gegenteil. Er war von durchaus gesundem Sinn, und wenn ich mich eines literarischen Vorgangs erinnere, darin ich mit neun oder zehn Jahren die Hauptrolle spielte, so muss ich meinen guten Dr. Lau sogar einen Realisten nennen. Dies kam so. Meines Vaters Geburtstag stand bevor, und ich hatte die Pflicht, auf einem liniierten Briefbogen – schon die bloße Liniierung war ein Schrecknis – meine Glückwünsche niederzuschreiben. Ich durfte dies in einer Schulstunde tun, während welcher Lau Exerzitienhefte korrigierte. Mit einem Male sagte er: »Nun gib her.«

Ich hatte aber mit meinem Geburtstagsbriefe noch gar nicht angefangen, sondern mich bis dahin darauf beschränkt, allerlei Reime auf ein neben mir liegendes Blatt zu kritzeln, halber Unsinn, der nicht viel was andres war als der Ausdruck meiner Verzweiflung. Ich wusste nicht, was ich schreiben sollte, der berühmte Anfang wollte sich nicht finden lassen, und so schob ich denn mit Hilfe dieser Spielerei das, um was es sich eigentlich handelte, nur hinaus. Verlegen reichte ich das bekritzelte Blatt hinüber, und Lau, nachdem er seine Brille geputzt, begann zu lesen:

Lieber Vater,
Du bist kein Kater.
Du bist ein Mann,
Der nichts Fettes vertragen kann;
Doch von den Russen hörst Du gern,
Wie sie den Polen den Weg versperrn etc. …

In solcher Reimerei, drin ich von Zeile zu Zeile sozusagen lapidar gegenüberstellte, was mein Vater sei und nicht sei, was er möge und nicht möge, ging es weiter zwei Seiten lang. Als Dr. Lau damit durch war, schlug er auf den Tisch und sagte: »Das ist gut, das wollen wir nehmen; darüber wird sich dein Vater freuen. Nur das mit dem Kater müssen wir fortlassen.« Und den Anfang durchstreichend, schrieb er stattdessen: »Lieber Vater, Du Stadtberater.« Denn mein Vater war kurz vorher Senator oder Mitglied des Magistrats geworden, dessen Sitzungen er, bei großer Abneigung gegen dergleichen, natürlich nie beiwohnte. Auch diesen Zug hab ich von ihm geerbt. Lau blieb zwei Jahre lang. Als sein Abgang nahe war, kam ich auf den unglücklichen Gedanken, ihm zu Ehren ein Stück aufzuführen, noch dazu ein Lustspiel. Es war ungebührlich lang, und kein Mensch hörte recht zu, was mich sehr traurig machte. Das Schlimmere aber lag nach der Herzensseite hin. Ich liebte Dr. Lau ganz aufrichtig, mehr als irgendeinen anderen Lehrer, den ich später gehabt habe; trotzdem brachte mich die verdammte Komödianteneitelkeit um jedes richtige Gefühl für den Mann, dem ich doch so viel verdankte. Ja, noch ganz zuletzt, als er bewegt von uns Kindern Abschied nahm, dachte ich nicht an den lieben, braven Mann, sondern immer noch an das dumme Stück, mit dem wir so gar keinen Erfolg erzielt hatten. Eigentlich bleibt es zeitlebens so; immer wenn mit allem Fug und Recht die großen Gefühlregister gezogen werden sollen, denkt man als Kind an Kuchen und Traubenrosinen, zehn Jahre später an einen neuen Schlips, und wenn endlich wer gestorben ist, an den Boule-Schrank, und wer ihn wohl eigentlich kriegen wird.

Lau, soviel ich weiß, hat nie mehr von sich hören lassen. Vielleicht, dass er an Krauses schrieb, aber ich habe nichts davon vernommen. Viele Jahrzehnte später erfuhr ich, dass er Rektor in Wittstock geworden sei, und als solcher ist er mutmaßlich gestorben.

Eine Heldentat

Wir hatten verschiedene Spielplätze. Der uns liebste war aber wohl der am Bollwerk, und zwar gerade da, wo die mehrerwähnte, von unserm Hause abzweigende Seitenstraße einmündete. Die ganze Stelle war sehr malerisch, besonders auch im Winter, wo hier die festgelegten und ihrer Obermasten entkleideten Schiffe lagen, oft drei hintereinander, also bis ziemlich weit in den Strom hinein. Uns hier am Bollwerk herumzutummeln und auf den ausgespannten Tauen, soweit sie dicht über dem Erdboden hinliefen, unsere Seiltänzerkünste zu üben, war uns gestattet, und nur eines stand unter Verbot: Wir durften nicht auf die Schiffe gehn und am wenigsten die Strickleiter hinauf bis in den Mastkorb klettern. Ein sehr vernünftiges Verbot. Aber je vernünftiger es war, desto größer war unser Verlangen, es zu übertreten, und bei »Räuber und Wandersmann«, das wir alle sehr liebten, verstand sich diese Übertretung beinahe von selbst. Entdeckung lag überdies außerhalb der Wahrscheinlichkeit; die Eltern waren entweder bei ihrer »Partie« oder zu Tisch geladen. »Also nur vorwärts. Und petzt einer, so kommt er noch schlimmer weg als wir.«

So dachten wir auch eines Sonntags im April 31. Es muss um diese Jahreszeit gewesen sein, weil mir noch der klare und kalte Luftton deutlich vor Augen steht. Auf dem Schiffe war keine Spur von Leben und am Bollwerk keine Menschenseele zu sehn, was mir des ferneren beweist, dass es ein Sonntag war.

Ich, als der älteste und stärkste, war natürlich Räuber, und acht oder zehn kleinere Jungens – unter denen nur ein einziger, ein Illegitimer, der, wie zu Begleichung seiner Geburt, Fritz Ehrlich hieß, es einigermaßen mit mir aufnehmen konnte – waren schon vom Kirchplatz her, wo wie gewöhnlich die Jagd begonnen hatte, dicht hinter mir her. Ziemlich abgejagt kam ich am Bollwerk an, und weil es hier keinen anderen Ausweg für mich gab, lief ich über eine breite und feste Bohlenlage fort auf das zunächst liegende Schiff hinauf. Die ganze Meute mir nach, was natürlich zur Folge hatte, dass ich vom ersten Schiff alsbald aufs zweite und vom zweiten aufs dritte musste. Da ging es nun nicht weiter, und wenn ich mich meiner Feinde trotzdem erwehren wollte, so blieb mir nichts anderes übrig, als auf dem Schiffe selbst nach einem Versteck oder wenigstens nach einer schwer zugänglichen Stelle zu suchen. Und ich fand auch so was und kletterte auf den etwa mannshohen, neben der Kajüte befindlichen Oberbau hinauf, darin sich neben andren Räumlichkeiten gemeinhin auch die Schiffsküche zu befinden pflegte. Etliche in die steile Wandung eingelegte Stufen erleichterten es mir. Und da stand ich nun oben, momentan geborgen, und sah als Sieger auf meine Verfolger. Aber das Siegesgefühl konnte nicht lange dauern; die Stufen waren wie für mich, so auch für andre da, und in kürzester Frist stand Fritz Ehrlich ebenfalls oben. Ich war verloren, wenn ich nicht auch jetzt noch einen Ausweg fand, und mit aller Kraft und, soweit der schmale Raum es zuließ, einen Anlauf nehmend, sprang ich von dem Küchenbau her über die zwischenliegende Wasserspalte hinweg auf das zweite Schiff zurück und jagte nun wie von allen Furien verfolgt wieder aufs Ufer zu. Und nun hatt ichs, und den Frei-Platz vor unsrem Hause zu gewinnen, war nur noch ein kleines für mich. Aber ich sollte meiner Freude darüber nicht lange froh werden, denn im selben Augenblicke fast, wo ich wieder festen Boden unter meinen Füßen hatte, hörte ich auch schon von dem dritten und zweiten Schiff her ein jämmerliches Schreien und dazwischen meinen Namen, sodass ich wohl merkte, da müsse was passiert sein. Und so schnell, wie ich eben über die polternde Bohlenlage ans Ufer gekommen, ebenso schnell ging es auch wieder über dieselbe zurück. Es war höchste Zeit. Fritz Ehrlich hatte mir den Sprung von der Küche her nachmachen wollen und war dabei, weil er zu kurz sprang, in die zwischen dem dritten und zweiten Schiff befindliche Wasserspalte gefallen. Da steckte nun der arme Junge, mit seinen Nägeln in die Schiffsritzen hineingreifend; denn an Schwimmen, wenn er überhaupt schwimmen konnte, war nicht zu denken. Dazu das eiskalte Wasser. Ihn von obenher so ohne weiteres abzureichen, war unmöglich, und so griff ich denn nach einem von der einen Strickleiter etwas herabhängenden Tau und ließ mich, meinen Körper durch allerlei Künste nach Möglichkeit verlängernd, an der Schiffswand so weit herab, dass Fritz Ehrlich meinen am weitesten nach unten reichenden linken Fuß gerade noch fassen konnte. Oben hielt ich mich mit der rechten Hand. »Pack zu, Fritz.« Aber der brave Junge, der wohl einsehen mochte, dass wir beide verloren waren, wenn er wirklich fest zupackte, beschränkte sich darauf, seine Hand leise auf meine Stiefelspitze zu legen, und so wenig dies war, so war es doch gerade genug für ihn, sich über Wasser zu halten. Vielleicht war er auch aus natürlicher Beanlagung ein sogenannter »Wassertreter« oder hatte, was schließlich noch wahrscheinlicher, das bekannte Glück der Illegitimen. Gleichviel, er blieb in der Schwebe, bis Leute vom Ufer her herankamen und ihm einen Bootshaken herunterreichten, während andre ein an »Hannemanns Klapp« liegendes Boot losmachten und in den Zwischenraum hineinfuhren, um ihn da herauszufischen. Ich meinerseits war in dem Augenblick, wo der rettende Bootshaken kam, von einem mir Unbekannten von oben her am Kragen gepackt und mit einem strammen Ruck wieder auf Deck gehoben worden. Von Vorwürfen, die sonst bei solchen Gelegenheiten nicht ausbleiben, war diesmal keine Rede. Den triefenden, von Schüttelfrost gepackten Fritz Ehrlich brachten die Leute nach einem ganz in der Nähe gelegenen Hause, während wir andern, in kleinlauter Stimmung, unsren Heimweg antraten. Ich freilich auch gehoben, trotzdem ich wenig Gutes von der Zukunft erwartete.

Meine Befürchtungen erfüllten sich aber nicht. Im Gegenteil.

Am andern Vormittag, als ich in die Schule wollte, stand mein Vater schon im Hausflur und hielt mich fest, denn Nachbar Pietzker, der gute Zipfelmützenmann, hatte wieder geplaudert. Freilich mehr denn je in guter Absicht.

»Habe von der Geschichte gehört ...«, sagte mein Vater. »Alle Wetter, dass du nicht gehorchen kannst. Aber es soll hingehen, weil du dich gut benommen hast. Weiß alles. Pietzker drüben ...«

Und damit war ich entlassen.

Wie gerne denk ich daran zurück, nicht um mich in meiner Heldentat zu sonnen, sondern in Dank und Liebe zu meinem Vater. So muss Erziehung sein. Der liebenswürdige Mann, wenn er zum Strafen abkommandiert wurde, traf ers nicht immer glücklich, wenn er aber seinem unmittelbaren Gefühle folgen konnte, traf ers desto besser.

Zeit der Hoffnung

Blumen fliegen aus jedem Haus,
Der Himmel strömt lachende Lichter aus
Und der Lichtball selber lächelt in Wonne:
»Es gibt doch noch Neues unter der Sonne.«

Einzug

In Hangen und Bangen

Zerstoben sind die Wolkenmassen,
Die Morgensonn' ins Fenster scheint:
Nun kann ich wieder mal nicht fassen,
Dass ich die Nacht hindurch geweint.

Dahin ist alles, was mich drückte,
Das Aug' ist klar, der Sinn ist frei,
Und was nur je mein Herz entzückte,
Tanzt wieder, lachend, mir vorbei.

Es grüßt, es nickt; ich steh' betroffen,
Geblendet schier von all dem Licht:
Das alte, liebe, böse Hoffen –
Die Seele lässt es einmal nicht.

Mittag

Am Waldessaume träumt die Föhre,
Am Himmel weiße Wölkchen nur,
Es ist so still, dass ich sie *höre*,
Die tiefe Stille der Natur.

Rings Sonnenschein auf Wies' und Wegen,
Die Wipfel stumm, kein Lüftchen wach,
Und doch, es klingt, als ström' ein Regen
Leis tönend auf das Blätterdach.

Glück

Sonntagsruhe, Dorfesstille,
Kind und Knecht und Magd sind aus,
Unterm Herde nur die Grille
Musizieret durch das Haus.

Tür und Fenster blieben offen,
Denn es schweigen Luft und Wind,
In uns schweigen Wunsch und Hoffen,
Weil wir ganz im Glücke sind.

Felder rings – ein Gottessegen
Hügel auf- und niederwärts,
Und auf stillen Gnadenwegen
Stieg auch uns er in das Herz.

Frühlingslieder

I

Der Frühling hat des Winters Kette
Gelöst nach altem, guten Brauch;
Oh, dass er doch zerbrochen hätte
Die Ketten unsrer Freiheit auch.

Er nahm das weiße Totenlinnen,
Das die gestorbne Erde trug,
Und sieht die Fürsten weiter spinnen
An unsrer Freiheit Leichentuch.

Wird nie der Lenz der Freiheit kommen?
Und werden immer Schnee und Eis,
Und nimmer Ketten uns genommen?
Es seufzt mein Herz: Wer weiß, wer weiß?!

II

Der Frühling kam, der Weltbefreier,
Die Erde lebt und grünt und blüht,
Am Himmel keine Wolkenschleier,
Und ohne Wolken das Gemüt.

Die Vögel und die Menschen singen,
Und wie die Lerche himmelwärts,
Will sich empor zur Gottheit schwingen
Im Dankgebet das Menschenherz.

Oh, Herz! es brach die Frühlingssonne
Des Winters Ketten wohl entzwei,
Wohl ziemt der Erde Dank und Wonne; –
Doch bist auch du von Ketten frei?

III

Mein Herz getrost, und lass das Klagen,
Und stelle deinen Kummer ein,
Und lass vor allem vom Verzagen
Nicht länger mehr die Rede sein.

Nicht ewig herrschen kann auf Erden
Die Willkür und die Tyrannei,
Nein, anders, besser wird es werden;
Und wir auch, Herz, wir werden frei.

Es gilt nur um sich her zu schauen,
Zu sehn, wie rings es gärt und kocht,
Wie jedes Herz in deutschen Gauen
Begeistert für die Freiheit pocht.

Vorbei ist's mit dem Liebesgirren,
Man hört ein kräftig freies Wort,
Und hört auch wohl die Schwerter klirren,
Geht's nur so rüstig weiter fort.

Und einmal nur das Schwert genommen,
Das gute Schwert in unsre Hand,
Da muss der Lenz der Freiheit kommen
Und segnen unser Vaterland.

Verlobung

Es passt uns nicht die alte Leier
In unsren jungen Liebesrausch,
Wir denken und wir fühlen freier
Und wollen's auch beim Ringetausch;
Der Treue Pfand, zu dieser Stunde
Empfang's in perlend-goldnem Wein
Und lass den Ring auf Bechers Grunde
Dir Sinnbild meines Lebens sein.
Lass übersprudeln mich und freue
Der Kraft dich, die da schäumt und gärt,
Denn innen, wie dies Bild der Treue,
Lebt meine Liebe unversehrt.

Im Garten

Die hohen Himbeerwände
Trennten dich und mich,
Doch im Laubwerk unsre Hände
Fanden von selber sich.

Die Hecke konnt' es nicht wehren,
Wie hoch sie immer stund:
Ich reichte dir die Beeren,
Und du reichtest mir deinen Mund.

Ach, schrittest du durch den Garten
Noch einmal im raschen Gang,
Wie gerne wollt' ich warten,
Warten stundenlang.

Frühling

Nun ist er endlich kommen doch
In grünem Knospenschuh;
»Er kam, er kam ja immer noch«,
Die Bäume nicken sich's zu.

Sie konnten ihn all erwarten kaum,
Nun treiben sie Schuss auf Schuss;
Im Garten der alte Apfelbaum,
Er sträubt sich, aber er muss.

Wohl zögert auch das alte Herz
Und atmet noch nicht frei,
Es bangt und sorgt: »Es ist erst März,
Und März ist noch nicht Mai.«

O schüttle ab den schweren Traum
Und die lange Winterruh:
Es wagt es der alte Apfelbaum,
Herze, wag's auch *du*.

Zwischen Hoffnung und Zweifel

Lehnert Menz, Protagonist in Fontanes Roman »Quitt« (1891), ist auf der Flucht – vor dem preußischen Staat und seiner eigenen Schuld. In den Vereinigten Staaten hofft er, die Utopie von Freiheit und Gleichheit zu finden, nach der er sich schon immer sehnt, aber eine Eskapade als Goldgräber bringt letztendlich nicht den gewünschten Erfolg. Erst in Nogat-Ehre, einer kleinen deutschsprachigen Mennonitengemeinde im Indian Territory, kommt er zur Ruhe und verliebt sich in Ruth, die Tochter des Gemeindeoberhaupts Obadja Hornborstel. Aber darf jemand mit Lehnerts Vorgeschichte das Glück finden …?

»Gedulde dich! Ich werde dir Antwort sagen.« Hundertmal wiederholte sich's Lehnert, und als Obadja am andern Morgen die Andacht gehalten und wie herkömmlich ein Bibelkapitel gelesen hatte, hoffte Lehnert, dass nun das Wort, das über sein Leben entscheiden sollte, gesprochen werden würde. Aber das Wort blieb aus, und er verzehrte sich tagelang darüber, dass es ausblieb. Er wurde wie krank im Gemüt und mied es nach Möglichkeit, mit Ruth und mehr noch mit Obadja zusammenzutreffen. Als aber, ohne dass ein Wort laut geworden wäre, das neue Jahr angebrochen war, war er entschlossen, mit dem Elend ein Ende zu machen und sich wieder in sein altes Leben zurückzufinden.

Das wär ihm nun freilich einfach unmöglich gewesen, wenn die Haltung Obadjas irgendetwas gezeigt hätte, was auf Missstimmung oder gar auf Übelwollen und Ablehnung hätte gedeutet werden können. Aber eher das Gegenteil war der Fall. Keine Begegnung verging, ohne dass Lehnert wenigstens einen freundlichen Blick erhascht hätte, was noch wuchs, als Obadja sich überzeugte, dass in der Tat keine Heimlichkeiten zwischen den jungen Leuten existierten und Ruth ohne jede Ahnung von dem Schritte war, den Lehnert getan hatte. So kehrte denn ein gewisser Zustand der Ruhe, wenigstens äußerlich, zurück, und Lehnert, wenn er jetzt, was nur zu oft geschah, seines Weihnachtszwiegespräches mit Obadja gedachte, verzichtete darauf, diesem Zwiegespräch nur *das* zu entnehmen, was ihm passte, sondern erinnerte sich daran, dass der Alte hinzugesetzt hatte: »Es ist *Rahel*, um die du wirbst.« Das war, das sah er jetzt ein, mit gutem Bedachte gesagt worden, und jedenfalls zu dem Zweck, ihn wissen zu lassen, dass es einer langen Probezeit bedürfe.

Ja, der frühere Zustand der Ruhe kehrte zurück, und als der Winter auf die Neige ging und der Frühling anbrach, wurden die Feldarbeiten, sowohl von Nogat-Ehre wie vom Vorwerk aus, wohin Kaulbars und Frau zurückgekehrt waren, im ganzen Umfange wiederaufgenommen. Überall gab es ein Pflügen und Säen, und Lehnert, bei Beaufsichtigung der Arbeit, war oft bis halben Weges nach Darlington oder auch, nach der andern Seite hin, bis an den Abhang der Berge hin in Tätigkeit. Auch Toby war mit Uncas viel draußen, um auf Hühner zu jagen, welche Form der Jagd der Alte, trotz prinzipieller Bedenken, gelten ließ, ja geradezu begünstigte, da zu seinen kleinen Schwächen, ganz nach Patriarchen- und Kirchenfürstenart, auch *die* gehörte, den Freuden der Tafel nicht abgestorben und speziell in Bezug auf Bekassinen ein Feinschmecker zu sein.

Eine dieser Jagden auf Hühner hatte sich an einem schönen Märztage bis an eine fast schon zu Füßen von Fort

O'Brien gelegene Sumpfstrecke gezogen, und Toby, gegen Abend mit reicher Ausbeute heimkehrend, zeigte sich entzückt von dem landschaftlichen Anblick, den er kurz vor Beendigung seines Jagdausfluges von dem Wallgange des halbverfallenen Forts aus gehabt habe; der ganze Hügelabhang habe ihm den Anblick eines großen Blumengartens gewährt, viel, viel schöner als irgendetwas der Art, was er je gesehen habe, denn in beinahe felderartigen Streifen sei die ganze Schrägung mit Frühlingsblumen überdeckt gewesen, mit Krokus und Konvallarien, mit Narzissen und Anemonen. Ruth, anfänglich ungläubig, war endlich doch von seiner Begeisterung mit hingerissen worden und hatte bei dem abschließenden Vorschlage, tags darauf eine Partie hinaus machen und auf der von Palisaden umstellten Bastion ein Picknick abhalten zu wollen, Maruschka wie selig am Arm genommen und war mit ihr durch die Stube getanzt. Zugleich aber hatte sie sich vorsorglich erboten, den Vater nicht bloß zur Zustimmung, sondern selbst zur Teilnahme bewegen zu wollen, was ihr, wie sie wohl wusste, nicht schwer werden konnte, da sie seine Pläne kannte, Pläne, die sich seit lange damit beschäftigten, das Fort von der Regierung in Kauf zu nehmen und nach erfolgtem Ausbau zum Mittelpunkt eines neuen Vorwerks zu machen. Ein solcher Ausflug aber, so rechnete sie, würd ihm erwünschte Gelegenheit bieten, die ganze Sache mit unbefangenem Auge nochmals zu prüfen.

Und siehe da, Ruth hatte sich nicht verrechnet. Obadja war auf alles mit bemerkenswerter Freudigkeit eingegangen, nur immer das eine zur Bedingung stellend, dass beide Kaulbarse mit aufgefordert werden müssten, außerdem auch Bruder Krähbiel, welcher letztere seit zwei Tagen in

Nogat-Ehre war, um die nach Gunpowder-Faces Tode noch immer in der Schwebe verbliebene Häuptlingserbfolgefrage endlich zum Abschluss zu bringen. Selbstverständlich hatte niemand Lust bezeigt, am wenigsten aber Ruth und Maruschka, das Vergnügen einer Landpartie mit Picknick an dieser ihnen ziemlich gleichgültig erscheinenden Kaulbars- oder Krähbiel-Frage scheitern zu sehen, und so war denn alles bewilligt und zwei Uhr als beste Stunde für den Ausflug nach Fort O'Brien festgesetzt worden.

In zwei Wagen fuhr man rechtzeitig hinaus und fand die noch am Abend vorher benachrichtigten Kaulbarse bereits am Eingang in die Bergschlucht vor, an einer geschützten Stelle, von der aus eine links einbiegende Steintreppe fast unmittelbar bis nach Fort O'Brien hinaufführte. Man begrüßte sich ziemlich herzlich, denn selbst Nogat-Ehre kannte die Kunst der Verstellung, und als man, oben angelangt, an ein Auspacken der seitens der Kaulbarse mitgebrachten und aus Artigkeit gleich in erster Reihe mit hinaufgenommenen Körbe ging, überzeugte man sich, dass das Vorwerk den Hauptsitz um ein bedeutendes überflügelt habe. Topf- und Blechkuchen, Mohnstriezel und Marmeladentöpfe stiegen in solchen Mengen aus der Tiefe der beiden Körbe herauf, als ob es sich um eine Verproviantierung von Fort O'Brien oder, doch mindestens um einen unverlöschlichen Eindruck auf Maruschka gehandelt hätte. Diese wurde denn auch nicht müde, der guten Frau Kaulbars ihre Bewunderung auszudrücken und sie ein Mal über das andere als »my dear Mistress Kaulbars« anzusprechen.

»Aber nun ein Feuer«, sagte Toby. »Wir können nicht die Verwegenheit haben, uns trocken durch diesen Kuchenberg hindurchessen zu wollen; daran würde selbst Maruschka scheitern. Also Kaffee, *viel* Kaffee, sonst sind wir verloren, und hier unter dieser Ahornplatane, die nicht bloß Schatten gibt, sondern auch warm und behaglich unterm Winde liegt, hier wollen wir das Feuer machen. Ich denke, wir holen uns alte Bretter aus dem Fort, das Jungholz hierherum ist noch zu nass, und wenn wir keine Bretter finden, nun, so brechen wir einen Pfahl heraus, sind ihrer ja die Menge vorhanden, und auf Vernichtung von Staatseigentum werden wir wohl nicht verklagt werden. Vater ist ja Obrigkeit und hat es in der Hand, gegen uns vorzugehen oder es niederzuschlagen.«

Und so sprechend, trat er an die mit spitzen Pfählen dicht umstellte Brüstung des alten Wallganges heran und versuchte mit aller Anstrengung, eine der Palisaden herauszuwuchten; aber Bretter und dürres Holz aus den hier und da noch halbwegs geschützten Räumen des Forts waren rascher zur Hand, und ehe man noch die Nogat-Ehrener Picknickkörbe von den nach wie vor unten am Eingange der Schlucht haltenden Wagen treppauf geschafft hatte, brannte auch schon das Feuer, und drumherum standen ein paar umgestülpte Körbe, die nun als Sitz- und Ehrenplätze für Obadja und Maruschka dienten, während Krähbiel und Kaulbars und bald auch Lehnert und L'Hermite sich ihrerseits begnügten, etliche Steine heranzutragen und diese mit Plaids und Tüchern zu überdecken. Das war die Hauptgruppe. Mistress Kaulbars aber, unter beständigem Hin und Her die Wirtin machend, kam wie gewöhnlich auch heute nicht zur Ruhe – noch weniger freilich die Geschwister, die voll Jubel den Palisadenzaun hinabkletterten, um sich in den den Abhang überdeckenden Blumenfeldern zu vergnügen, von denen Ruth jetzt zugestehen musste, dass sie noch viel, viel schöner seien, als Toby sie geschildert habe. Dabei bückten sie sich, um Sträuße zu pflücken, und erst als man sie zurückrief, stiegen sie den Abhang wieder hinauf und liefen nun auf Maruschka zu, der sie den ganzen Vorrat ihrer Blumen in den Schoß warfen.

»Vierge aux fleurs«, sagte L'Hermite, was Krähbiel, der darin eine katholische Huldigung vermutete, mit sauersüßem Lächeln begleitete.

Maruschka selbst aber war glücklich wie ein Kind, und in ihrem Übermut ihrem ihr gegenübersitzenden Freunde L'Hermite ein ganzes Narzissenbündel zuwerfend, verlor sie stolpernd das Gleichgewicht und verschüttete den Kaffee, den Mistress Kaulbars ihr eben erst in einer dicken Fayencetasse präsentiert hatte.

»Tut nichts«, tröstete diese. »Bringe gleich eine andere. Ja, liebe Maruschka, wenn es nicht Sünde wäre, müsste man's immer so machen, und mit Absicht. Eigentlich schmeckt ja nur der erste Schluck, und auch nur, wenn er heiß ist, und außer dem alten Rüthnick in Schwante hab ich keinen Menschen gekannt, der für ›kalten‹ gewesen wäre. Gott, wenn ich daran denke! Die Leute sagten immer, ›er wolle noch schöner werden‹, und brauchen konnt er's. Denn all mein Lebtag hab ich solchen Flunsch und solche Lippe nich wiedergesehen wie Rüthnicken seine. War aber sonst eine Seele von Mann.«

Obadja lachte herzlich, und Ruth und Toby stimmten mit ein, und nur L'Hermite, der sonst ein feines Ahnungsvermögen für derlei Dinge hatte, konnte diesmal nicht mit und fragte: »Qu'est-ce que ça: flounch?« Aber ehe Lehnert ihm antworten konnte, nahm er wahr, dass Ruth noch keinen Platz habe, weshalb er sich in der ihm eigenen Artigkeit rasch erhob, um ihr den seinigen als den vergleichsweise besten anzubieten, »weil vis-à-vis de Maruschka«.

Ruth dankte, nahm aber das Opfer nicht an und erklärte, für sich selber sorgen zu wollen. Dabei trat sie dicht an eine Palisade heran, dieselbe, daran Tobys Kräfte sich schon vorher versucht hatten, und mühte sich zunächst, einen ziemlich großen Stein loszumachen, der dicht neben dem Palisadenpfahl eingebettet lag. Ihre kleinen Hände waren aber zu schwach, und so sprang denn Lehnert herzu, um ihr bei dem Lockern des Steins nach Möglichkeit behilflich zu sein. Und es gelang auch. Aber freilich im selben Augenblicke, wo der Stein sich löste, fuhr eine Kreuzotter darunter hervor und biss Ruth in das Handgelenk, dicht neben der großen Ader, und war dann im Nu die Palisade hinab und in dem Blumengewirr verschwunden.

Mit einem Schrei sank Ruth in die Knie und sagte, während sie die Hände faltete, mit unaussprechlich trauriger Stimme: »Nun muss ich sterben.«

Aber kaum dass sie diese Worte gesprochen hatte, so warf sich Lehnert neben sie nieder, ergriff ihre Hand und sog mit einer leidenschaftlichen Gewalt, und ehe sie's hindern konnte, das Gift aus der Wunde.

Das Ganze war wie ein Blitz; Tod und Rettung nur ein Augenblick.

Ruth aber verblieb in ihrer knienden Stellung und sagte: »Nun stirbst du.«

»Nein, Ruth, nein! Und wenn … Was liegt daran? Was liegt an mir?«

Lehnert wurde tags darauf von einem heftigen Fieber befallen, und alle fürchteten für sein Leben. Ruth und Maruschka waren in Tränen, und L'Hermite, der den regelrechten Ärzten misstraute, sacrete durch das Haus hin und hielt Reden, selbst zu Totto, über den zu frühen Tod seines Freundes Gunpowder-Face, des einzigen, der noch, nach Indianerweise, den Mut gehabt habe, jedes Fieber durch Hineinschieben in einen Backofen zu heilen, und überhaupt der beste Doktor in den ganzen United States gewesen sei. Jeder klagte, selbst Martin Kaulbars, der freilich seiner glücklichen Beanlagung nach nicht umhinkonnte, seiner Klage zugleich etwas von einer Anklage beizumischen. »Das Gift auslutschen sei der reine Unsinn und sollte bloß so was sein; ausbrennen, das sei das richtige, das wisse jedes Kind, und wenn man einen alten Nagel in das Kaffeefeuer oder auch bloß in die noch glimmenden Kohlen gelegt hätte, so wäre das für Miss Ruth das Beste gewesen und für den guten Schlesier auch. Nu werd er wohl dran glauben müssen. Und ob Miss Ruth durchkäme, das wäre auch noch soso. Aber das käme davon, wenn man von nichts wisse und in allem zurück sei.«

Zum Glück kam es anders, und alle Herzensnot Ruths und alle Neunmalweisheit Martin Kaulbars' erwiesen sich als ungerechtfertigt. Das Fieber, das Lehnert heimgesucht hatte, hatte mit dem Gift nichts zu schaffen und war einfach eine Folge großer Aufregung und hinzugetretener Erkältung gewesen, so dass am dritten Tage schon der aus der Nachbarschaft von Fort MacCulloch herbeigerufene Doktor Morrison die Versicherung einer vollständigen Genesung geben und selbstverständlich an dem Fest- und Freudenmahl, das Obadja denselben Abend noch veranstaltete, teilnehmen konnte.

Lehnert war sehr glücklich und empfing, als nun alle Sorgen abgetan waren, noch einmal die Danksagung der

Familie. Sein Glück wuchs aber noch, als am andern Morgen Obadja das Gebet sprach, worin es mit besonderer Betonung hieß, dass die Liebe der einzige Lohn für treues Dienen sei. Und gleich danach nahm der Alte die Bibel und las: »Und Jakob gewann die Rahel lieb und sprach: Ich will dir sieben Jahre um Rahel dienen. Und Laban antwortete: Es ist besser, ich gebe sie dir denn einem andern. Also dienete Jakob um Rahel sieben Jahr, und deuchten ihn, als wären es einzelne Tage, so lieb hatte er sie.«

Ruth errötete. Denn ohne dass ein Wort zwischen ihr und Obadja gesprochen worden war, wusste sie doch nur zu wohl, dass der Vater in ihrem Herzen gelesen hatte.

Oben umarmte sie Maruschka, und die gute Alte sagte: »Nun wird alles gut, du stirbst nicht, und er stirbt nicht. Doktor Morrison hat mir alles gesagt, und ich hab es ihn auch noch schwören lassen, was doch immer sicherer und besser ist als euer bloßes Ja und Nein. Schwören ist doch noch was Besonderes und macht alles erst fest. Und nun werdet ihr glücklich sein. Ich habe mir unten im Garten schon eine Myrte gezogen, und wenn Toby das Getreide nach Galveston bringt, muss er mir auch ein Kleid mitbringen, ein rotseidnes. Ich habe darauf gespart, solange du lebst.«

Ja, Lehnert war glücklich, und nur eines war, was ihm fehlte: sich über sein Glück aussprechen können. Er fühlte, so widerstrebend er sich dies auch eingestand, noch kein rechtes Recht dazu, denn das Wort, das ihm Obadja verheißen hatte, war noch immer ungesprochen geblieben, und so hielt er es denn einfach für seine Pflicht, in Zurückhaltung und Schweigen zu verharren.

Vielleicht, dass er trotz dieses starken Gefühls von dem, was sich vorläufig einzig und allein für ihn zieme, sein Schweigen dennoch durchbrochen hätte, wenn ihm L'Hermite, sein treuer Gefährte, mit etwas mehr Neugier entgegengekommen wäre. Dieser vermied es aber offenbar, irgendeine Frage zu tun, ja zeigte sich, wenn nicht alles täuschte, geradezu sorglich beflissen, einem solchen Gespräch aus dem Wege zu gehen. Lehnert zerbrach sich den Kopf darüber, und zu der Pein des Schweigenmüssens gesellte sich alsbald auch noch die Frage, warum L'Hermite seinerseits jede Frage vermeide. Von Neid oder Eifersüchtelei konnte keine Rede sein, das lag nicht in L'Hermites Charakter oder war etwas längst Überwundenes, und wenn dieser, wie ganz augenscheinlich, der Liebe seines Freundes zu Ruth trotzdem nicht froh wurde, so musste was anderes vorliegen, was ihn zu diesem Gefühl und einer daraus erwachsenden ablehnenden Haltung bestimmte. Das Unbehagen, das Lehnert über diese Wahrnehmung empfand, war so groß, dass er schließlich, allen entgegenstehenden Selbstgelöbnissen zum Trotz, doch den Entschluss fasste, sich bei nächster Gelegenheit Gewissheit darüber zu verschaffen.

Diese Gelegenheit bot sich denn auch bald. Es war ein Musikabend gewesen, und Ruth hatte Lehnerts und auch L'Hermites Wunsch nachgegeben und ganz zum Schlusse noch einmal das Friedenslied vorgetragen, das sie, während der Septemberfesttage, so schön und für Lehnert so entscheidungsvoll gesungen hatte. Dieser war denn auch, ähnlich wie damals, von den Liebesworten und mehr noch von Ruths Stimme ergriffen worden und hatte Tränen im Auge, als das Lied schwieg. Auch L'Hermite war bewegt, und beide, wie wenn sie gewillt gewesen wären, sich den eben gehabten Eindruck durch Maruschka nicht stören zu lassen, brachen früher als gewöhnlich auf und gingen in ihren Korridor hinüber. Einen Augenblick schwankten sie hier, wohin sich wenden, aber L'Hermites Zimmer, überhaupt das bevorzugtere, ward auch heute gewählt, und nach rechts hin eintretend, nahmen beide Platz, Lehnert auf einem Schaukelstuhl, L'Hermite, wie gewöhnlich mit untergeschlagenen Beinen, auf seinem Arbeitstisch, den Schraubstock neben sich.

»Eh bien«, sagte L'Hermite, während er eine kleine Eisenstange aus dem Schraubstock herauszog und damit zu spielen begann, »eh bien, Lehnert, was gibt's? Ich glaube, Ihr wollt mir etwas sagen.«

»Ja, seit lange schon.«

»Nun denn.«

»Ich liebe Ruth.«

L'Hermite lächelte. »Wer nicht?«

»Ah, ich versteh ... Ihr findet es anmaßlich« (L'Hermite schüttelte den Kopf) »oder vielleicht ein Unrecht.«

»Ni l'un ni l'autre.«

»Oder Ihr meint, sie liebe mich nicht?«

»Au contraire.«

»Nun, was dann?«

»Mon cher Lehnert«, und L'Hermite setzte sich in eine Art Positur, »Ihr kennt meinen Katechismus und wisst, dass der Pfaffengott nicht darin vorkommt.«

Lehnert nickte.

»Gut denn, es gibt also keinen Gott, wenigstens nicht für mich. Aber, mon cher ami, es gibt ein Fatum. Und weil es ein Fatum gibt, geht alles seinen Gang, dunkel und rätselvoll, und nur mitunter blitzt ein Licht auf und lässt uns gerade so viel sehen, um dem Ewigen und Rätselhaften, oder wie sonst Ihr's nennen wollt, seine Launen und Gesetze abzulauschen.«

»Nun?«

»Und ein solches Gesetz ist es auch: wenn man erst mal *heraus* ist, kommt man nicht wieder *hinein*. Und da hilft kein Hoherpriester und kein Prophet, und wenn es Obadja selber wäre, gleichviel ob der alte oder der neue. Das Fatum ist eben stärker, und es ist das beste, cher Lehnert, Ihr lebt Euch mit diesem Gedanken ein. Ich hab es getan. Und wenn Euch das auch glückt, so werdet Ihr wenigstens eines davon haben, dasselbe, was ich davon gehabt habe: das Glück der Einsamkeit. Ihr steht dann von Stund an über dieser armen Komödie, die Welt und Leben heißt.«

Lehnert starrte ihn an.

L'Hermite aber, dessen Bewegungen immer nervöser wurden, fuhr fort: »Gebt Ruth auf. Ihr kriegt sie nicht. Und wenn morgen die Hochzeit sein soll und die gute Frau Kaulbars so viel Kringel und Krausgebackenes bäckt, dass der Fettgeruch bis zu Krähbiel und den Arapahos hinüberzieht und unserem Freunde Gunpowder-Face, der dergleichen liebte, noch in seinem Grab umkitzelt – ich sag Euch, Lehnert, Ihr kriegt sie doch nicht, Ihr fallt tot vorm Altar nieder. Und wenn nicht Ihr, so Ruth. Glaubt mir, es soll nicht sein. Es ist da so was Merkwürdiges in der Weltordnung, und Leute wie wir – Pardon, ich sage mit Vorbedacht wie wir –, die nimmt das Schicksal, der große Jaggernaut, unter die Räder seines Wagens und zermalmt sie, wenn sie glücklicher sein wollen, als sie noch dürfen.«

Ein Fest der Geselligkeit

Ein Geplauder im Park, ein Gastmahl auf der Remusinsel, schien alles, worauf sein Sinn jetzt gerichtet war. Die Gräfin saß neben ihm bei Tisch und trug einen Kranz von Teichrosen im Haar, den ihr der jugendliche Prinz auf der Fahrt zur Insel hin geflochten hatte. Sie glich darin einer Wassernixe.

Wanderungen durch die Mark Brandenburg

Bienenleben

Lehrer Krippenstapel ist der Dorflehrer in Stechlin. In Fontanes gleichnamigem, letzten Roman »Der Stechlin« (1898) führt der lebenskluge Autodidakt drei adlige Offiziere zu seinen Bienen und erzählt ihnen vom Frühlingsflug der Königin …

Alle waren einverstanden, und so gingen sie denn durch den Flur bis in Hof und Garten hinaus und nahmen hier Stellung vor einem offenen Etageschuppen, drin die Stöcke standen, nicht altmodische Bienenkörbe, sondern richtige Bienenhäuser, nach der Dzierzonschen Methode, wo man alles herausnehmen und jeden Augenblick in das Innere bequem hineingucken kann. Krippenstapel zeigte denn auch alles, und Rex und Czako waren ganz aufrichtig interessiert.

»Nun aber, Herr Lehrer Krippenstapel«, sagte Czako, »nun bitte, geben Sie uns auch einen Kommentar. Wie is das eigentlich mit den Bienen? Es soll ja was ganz Besondres damit sein.«

»Ist es auch, Herr Hauptmann. Das Bienenleben ist eigentlich feiner und vornehmer als das Menschenleben.«

»Feiner, das kann ich mir schon denken; aber auch vornehmer? Was Vornehmeres als den Menschen gibt es nicht. Indessen, wie's damit auch sei, ›ja‹ oder ›nein‹, Sie machen einen nur immer neugieriger. Ich habe mal gehört, die Bienen sollen sich auf das Staatliche so gut verstehen; beinah vorbildlich«

»So ist es auch, Herr Hauptmann. Und eines ist ja da, worüber sich als Thema vielleicht reden lässt. Da sind nämlich in jedem Stock drei Gruppen oder Klassen. In Klasse eins haben wir die Königin, in Klasse zwei haben wir die Arbeitsbienen (die, was für alles Arbeitsvolk wohl eigentlich immer das Beste ist, geschlechtslos sind), und in Klasse drei haben wir die Drohnen; die sind männlich, worin zugleich ihr eigentlicher Beruf besteht. Denn im Übrigen tun sie gar nichts.«

»Interessanter Staat. Gefällt mir. Aber immer noch nicht vorbildlich genug.«

»Und nun bedenken Sie, Herr Hauptmann. Winterlang haben sie so dagesessen und gearbeitet oder auch geschlafen. Und nun kommt der Frühling, und das erwachende neue Leben ergreift auch die Bienen, am mächtigsten aber die Klasse eins, die Königin. Und sie beschließt nun, mit ihrem ganzen Volk einen Frühlingsausflug zu machen, der sich für sie persönlich sogar zu einer Art Hochzeitsreise gestaltet. So muss ich es nennen. Unter den vielen Drohnen nämlich, die ihr auf der Ferse sind, wählt sie sich einen Begleiter, man könnte sagen einen Tänzer, der denn auch berufen ist, alsbald in eine noch intimere Stellung zu ihr einzurücken. Etwa nach einer Stunde kehrt die Königin und ihr Hochzeitszug in die beengenden Schranken ihres Staates zurück. Ihr Dasein hat sich inzwischen erfüllt. Ein ganzes Geschlecht von Bienen wird geboren, aber weitere Beziehungen zu dem bewussten Tänzer sind ein für alle Mal ausgeschlossen. Es ist das gerade das, was ich vorhin als fein und vornehm bezeichnet habe. Bienenköniginnen lieben nur einmal. Die Bienenkönigin liebt und stirbt.«

»Und was wird aus der bevorzugten Drohne, aus dem Prinzessinnentänzer, dem Prince Consort, wenn dieser Titel ausreicht?«

»Dieser Tänzer wird ermordet.«

»Nein, Herr Lehrer Krippenstapel, das geht nicht. Unter dieser letzten Mitteilung bricht meine Begeisterung wieder zusammen. Das ist ja schlimmer als der Heinesche Asra. Der stirbt doch bloß. Aber hier haben wir Ermordung. Sagen Sie, Rex, wie stehen Sie dazu?«

»Das monogamische Prinzip, woran doch schließlich unsre ganze Kultur hängt, kann nicht strenger und überzeugender demonstriert werden. Ich finde es großartig.«

Das Maienfest

Lose angeknüpft an das historische Schicksal der Margarete von Minden erzählt Fontanes Novelle »Grete Minde« (1880) die unglückliche Geschichte einer jungen Frau, die von ihrer Familie verstoßen wird. So weit ist es beim Maienfest aber noch nicht: Noch lebt ihr Vater und Grete hat einen Platz in seinem Haus. Und sie hat einen Freund an ihrer Seite …

Ein Jahr beinah war vergangen, und die Tangermünder feierten, wie herkömmlich, ihr Maienfest. Das geschah abwechselnd in dem einen oder andern jener Waldstücke, die die Stadt in einem weiten Halbkreis umgaben. In diesem Jahr aber war es im Lorenzwald, den die Bürger besonders liebten, weil sich eine Sage daran knüpfte, die Sage von der Jungfrau Lorenz. Mit dieser Sage aber verhielt es sich so. Jungfrau Lorenz, ein Tangermünder Kind, hatte sich in dem großen, flussabwärts gelegenen Waldstück, das damals noch die Elbheide hieß, verirrt, und als der Abend hereinbrach und noch immer kein Ausweg sichtbar wurde, betete sie zur Mutter Gottes, ihr beizustehen und sich ihrer Not zu erbarmen. Und als sie so betete, da nahte sich ihr ein Hirsch, ein hoher Elfender, der legte sich ihr zu Füßen und sah sie an, als spräch' er: »Ich bin es, besteige mich nur.« Und sie bestieg mutig seinen Rücken, weil sie fühlte, dass ihr die Mutter Gottes das schöne Tier in Erhörung ihres Gebetes geschickt habe, und klammerte sich an sein Geweih. Der Hirsch aber trug sie, zwischen den hohen Stämmen hin, aus der Tiefe des Waldes heraus, bis an das Tor und in die Mitte der Stadt. Da blieb er und ließ sich fangen. Und die Stadt gab ihm ein eingehürdet Stück Weideland und hielt ihn in Schutz und Ansehen, bis an seinen Tod. Und auch da noch ehrten sie das fromme Tier, das der Mutter Gottes gedient hatte, und brachten sein Geweih nach Sankt Nikolai und hingen es neben dem Altarpfeiler auf. Den Wald aber, aus dem er die Jungfrau hinausgetragen, nannten sie den Lorenzwald.

Und dahin ging es heut. Die Gewerke zogen aus mit Musik und Fahnenschwenken, und die Schulkinder folgten, Mädchen und Knaben, und begrüßten den Mai. Und dabei sangen sie:

»Habt ihr es nicht vernommen?
Der Lenz ist angekommen!
Es sagen's euch die Vögelein,
Es sagen's euch die Blümelein,
Der Lenz ist angekommen.

Ihr seht es an den Feldern,
Ihr seht es an den Wäldern;
Der Kuckuck ruft, der Finke schlägt,
Es jubelt, was sich froh bewegt,
Der Lenz ist angekommen.«

Und auch Trud und Gerdt, als der Nachmittag da war, hatten in gutem Mute die Stadt verlassen. Grete mit Reginen folgte. Draußen aber trafen sie die Zernitzens, alt und jung, die sich's auf mitgebrachten und umgestülpten Körben bequem gemacht und nun gar noch die Freud' und Genugtuung hatten, die jungen Mindes, mit denen sie lieber als mit den andern Bürgersleuten verkehrten, an ihrer Seite Platz nehmen zu sehen. Auch Valtin und Grete begrüßten sich, und in kurzem war alles Frohsinn und guter Laune, voran der alte Zernitz, der sich, nach Abtretung seines Platzes an Trud, auf den Rain hingelagert und sein sichtliches und immer wachsendes Gefallen daran hatte, der stattlichen, in vollem Staat erschienenen jungen Frau über ihre Schönheit allerlei Schönes zu sagen. Und diese, hart und herbe wie sie war, war doch Frau genug, sich der Schmeichelrede zu freuen. Emrentz drohte mit Eifersucht und lachte dazwischen, Gerdt summte vor sich hin oder steckte Butterblumenstielchen ineinander, und inmitten von Scherz und Geplauder sah ein jeglicher auf die sonnige Wiese hinaus, wo sich bunte Gruppen um Buden und Karussell drängten, Bürger nach der Taube schossen und Kinder ihren Ringelreihen tanzten. Ihr Singen klang von der großen Linde her herüber, an deren untersten Zweigen rote und gelbe Tücher hingen.

So mocht' eine Stunde vergangen sein, als sie, von der Stadt her, gebückt auf seinem flandrischen Pferde, des alten Minde gewahr wurden. Inmitten seiner Einsamkeit war er plötzlich von einer tiefen Sehnsucht erfasst worden, den Mai noch einmal mitzufeiern; und nun kam er den breiten Waldweg herauf, auf die Stelle zu, wo die Zernitzens und Mindes gemeinschaftlich lagerten. Ein Diener schritt neben dem Pferde her und führte den Zügel. Was wollte der Alte? Wozu kam er? Und Trud und Gerdt empfingen ihn mit kurzen, rasch herausgestoßenen Fragen, die mehr nach Missstimmung als nach Teilnahme klangen, und nur Grete freute sich von Herzen und sprang ihm entgegen. Und als nun Decken für ihn ausgebreitet lagen, stieg er ab und setzte sich an einen guten Platz, der den Waldesschatten über sich und die sonnenbeschienene Lichtung vor sich hatte.

Grete pflückte Blumen und sagte: »Soll ich dir einen Kranz flechten?« Aber der Alte lächelte: »Noch nicht, Grete. Ich warte noch ein Weilchen.« Und sie sah ihn mit ihren großen Augen an und küsste stürmisch seine welke Hand. Denn sie wusste wohl, was er meinte.

Eine Störung war sein Kommen gewesen, das empfanden alle, vielleicht er selbst. Der alte Zernitz zeigte sich immer schweigsamer, Emrentz auch, und Trud, um wenigstens zu sprechen, und vielleicht auch, um der beobachtenden Blicke Gretens überhoben zu sein, sagte zu dieser: »Du solltest unter die Linde gehen, Grete.«

»Und Valtin begleitet dich«, setzte Emrentz hinzu.

Beide wurden rot, denn sie waren keine Kinder mehr. Aber sie schwiegen und gingen auf die Wiese hinaus. »Sie wollen allein sein«, sagte Grete. »Seien wir's auch.« Und an den Schau- und Spielbuden vorbei, nahmen sie, kreuz und quer, ihren Weg auf die kleinen und großen Gruppen zu, die sich bei Ringelstechen und Taubenschießen erlustigten. Aber zu der Linde, wo die Kinder spielten, gingen sie nicht.

Es war sehr heiß, sodass sie bald wieder den Schatten aufsuchten, und jenseits der Lichtung angekommen, verfolgten sie jetzt einen halbüberwachsenen Weg, der sich immer tiefer in den Wald hineinzog. Es glühte schon in den Wipfeln, da flog eine Libelle vor ihnen her, und Grete sagte: »Sieh, eine Seejungfer. Wo die sind, da muss auch Wasser sein. Ein Sumpf oder ein Teich. Ob schon die Teichrosen blühn? Ich liebe sie so. Lass uns danach suchen.«

Und so gingen sie weiter. Aber der Teich wollte nicht kommen, und plötzlich überfiel es Greten: »Wo sind wir, Valtin? Ich glaube, wir haben uns verirrt.«

»Nicht doch. Ich höre ja noch Musik.«

Und sie blieben stehen und horchten.

Aber ob es eine Täuschung gewesen war, oder ob die Musik eben jetzt zu schweigen begann, gleichviel, beide strengten sich vergeblich an, einen neuen Klang aufzufangen. Und es half auch zu nichts, als sie das Ohr an die Erde legten.

»Weißt du, Grete«, sagte Valtin, »ich werd hier hinaufsteigen. Das ist ein hoher Baum, da hab ich Übersicht, und es kann keine tausend Schritt' sein.« Und er schwang sich hinauf und kletterte von Ast zu Ast, und Grete stand unten, und ein Gefühl des Alleinseins durchzitterte sie. Nun aber war er hoch oben. »Siehst du was?«, rief sie hinauf. »Nein. Es sind hohe Bäume rundum. Aber lass nur, die Sonne muss uns den Weg zeigen; wo sie niedergeht ist Abend, und die Stadt liegt nach Mittag zu. Soviel weiß ich gewiss. Also da hinaus müssen wir.« Und gleich darauf war er wieder unten bei der ihn bang Erwartenden.

Sie schlugen nun die Wegrichtung ein, die Valtin von oben her mit der Hand bezeichnet hatte. Aber so sehr sie spähten und suchten, die Waldwiese kam nicht, und Grete setzte sich müd und matt auf einen Baumstumpf und begann leise vor sich hin zu weinen.

»Meine süße Grete«, sagte Valtin, »sei doch nicht so bang.« Und er umarmte sie und küsste sie herzlich. Und sie litt es und schlug nicht mehr nach ihm, wie damals unter dem Kirschbaum; nein, ein Gefühl unendlichen Glückes überkam sie mitten in ihrer Angst, und sie sagte nur: »Ich will nicht mehr weinen, Valtin. Du bist so gut. Und wer gut ist, dem zuliebe geschehen Zeichen und Wunder. Und siehe, dessen bin ich gewiss, wenn wir zu Gott um seine Hilfe bitten, dann hilft er auch und führt uns aus dem Walde wieder ins Freie und wieder nach Haus. Gerade wie damals die Jungfer Lorenz. Denn wir sind ja hier im Lorenzwald.«

»Ja, Grete, da sind wir. Aber wenn der Hirsch käm' und es wirklich gut mit uns meinte, dann trüg' er uns an eine andre Stelle, denk ich, und nicht nach Haus. Denn wir haben eigentlich kein Haus, Grete. Du nicht, und ich auch nicht. Emrentz ist eine gute Frau, viel besser als Trud, und ich danke Gott alle Tage dafür; aber so sie mir nichts zuleide tut, so tut sie mir auch nichts zuliebe. Sie putzt sich für sich und für den Vater, und das ist alles. Nein, Grete, nicht in die Stadt und nicht nach Haus, lieber weit, weit fort, in ein schönes Tal, von Bergen eingeschlossen, und oben weiß von Schnee und unten bunt von Blumen …«

»Wo ist das?«

»Ich weiß es nicht. Aber ich hab einmal in einem alten Buche davon gelesen, und da wurde mir das Herz so weit. Zwischen hohen Felswänden liegt es, und der Sturm geht drüber hin und trifft es nie; und die Sonne scheint, und die Wolken ziehen; und ist kein Krieg und keine Krankheit; und die Menschen, die dort leben, lieben einander und werden alt und sterben ohne Schmerz.«

»Das ist schön«, sagte Grete. »Und nun komm und lass uns sehn, ob wir's finden.«

Und dabei lachten sie beid' und schritten wieder rüstig vorwärts, denn die Schilderung von dem Tale hatte Greten erfrischt und ihr ihren Mut und ihre Kraft zurückgegeben. Und eine kleine Strecke noch, da lichtete sich's, und wie Dämmerung lag es vor ihnen. Aber statt der Waldwiese war es ein Uferstreifen, auf den sie jetzt hinaustraten, und dicht vor ihnen blitzte der breite Strom. »Ich will sehen, wohin er fließt«, sagte Valtin und warf einen Zweig hinein. »Nun weiß ich's. Dorthin müssen wir.« Und sie schritten flussaufwärts nebeneinander her. Die Sterne kamen und spiegelten sich, und nicht lange mehr, so hörten sie das Schlagen der Glocken, und die Turmspitze von Sankt Stephan stieg in dunklen Umrissen vor ihnen auf.

Es war neun Uhr, oder schon vorüber, als sie das Mindesche Haus erreichten. Valtin trat mit in das untre Zimmer, in dem sich um diese Stunde nur noch Trud und Gerdt befanden, und sagte: »Hier ist Grete. Wir hatten uns verirrt. Aber ich bin schuld.« Und damit ging er wieder, während Grete verlegen in der Nähe der Türe stehenblieb.

»Verirrt«, sagte jetzt Trud, und ihre Stimme zitterte. »Ja, verirrt. Ich denke, weil ihr's wolltet. Und wenn ihr's nicht wolltet, weil ihr ungehorsam wart und nicht Zucht und Sitte kennt. Ihr solltet zu den Kindern gehen. Aber das war euch zuwider. Und so ging es in den Wald. Ich werde mit Gigas sprechen und mit deinem Vater. Der soll mich hören. Denn ich will nicht üble Nachred' im Haus, ob er's gleich selber so gewollt hat. Gott sei's geklagt …! Was bracht' er uns das fremde Blut ins Haus? Das fremde Blut und den fremden Glauben. Und arm wie das Heimchen unterm Herd.«

In diesem Augenblicke stand Grete vor Trud, und ihre bis dahin niedergeschlagenen Augen blitzten in einem unheimlichen Feuer auf: »Was sagst du da von fremd und arm? Arm! Ich habe mir's von Reginen erzählen lassen. Sie kam aus einem Land, wo sie glücklich war, und hier hat sie geweint und sich zurückgesehnt, und vor Sehnsucht ist sie gestorben. Arm! Wer war arm? Wer? Ich weiß es. Du warst arm. Du.«

»Schweig«, sagte Gerdt.

»Ich schweige nicht. Was wollt ihr? Ich bin nicht euer Kind. Gott sei Dank, dass ich's nicht bin. Ich bin eure Schwester. Und ich wollt', ich wär' auch das nicht. Auch das nicht. Verklagt mich. Geht hin und erzählt ihm, was ich gesagt hab; ich werd ihm erzählen, was ich gehört hab, heute draußen im Wald und hundertmal hier in diesem seinem Haus. Oh, ich hab euch zischeln hören. Und ich weiß alles, alles. Ihr wartet auf seinen Tod. Streitet nicht. Aber noch lebt er, und solang er lebt, wird er mich schützen. Und ist er tot, so schütz ich mich selbst. Ja, ich schütze mich selbst. Hörst du, Trud.« Und sie ballte ihre kleinen Hände.

Trud, in ihrem Gewissen getroffen, erkannte, dass sie zu weit gegangen, während Grete plötzlich aller Scheu los und ledig war, die sie bis dahin vor ihrer Schwieger gehabt hatte. Sie hatte das Gefühl eines vollkommenen Sieges und stieg, in der Freude darüber, in den zweiten Stock hinauf. Oben fand sie Reginen und erzählte ihr alles, was unten geschehen. »Kind, Kind, das tut nicht gut, das kann sie dir nicht vergessen.« Aber Grete war übermütig geworden und sagte: »Sie fürchtet sich vor mir. Lass sehn; ich habe nun bessere Tage.«

Ein Schatten auf dem Frühlingslicht

In seinen »Wanderungen durch die Mark Brandenburg« (1862–1889) nimmt uns Fontane mit in die Landschaften und die Geschichte seiner Heimat. Im Rheinsberger Schloss lebte von 1752–1802 Prinz Heinrich von Preußen, der jüngere Bruder Friedrichs II., mitunter in munterer Gesellschaft ...

Nach dem Baseler Frieden, der eine halbe Versöhnung zwischen dem Prinzen Heinrich und seinem Neffen, dem Könige, herbeigeführt hatte, kam der Prinz auch wieder nach Berlin aber freilich ohne rechte Lust und Freudigkeit und immer nur auf kürzere Zeit. Auf einer der bei dieser Gelegenheit statthabenden Festlichkeiten war es, dass der Graf La Roche-Aymon, der nunmehrige Adjutant des Prinzen, ein Fräulein von Zeuner sah und von ihrer blendenden Schönheit sofort hingerissen ward. Er seinerseits war völlig dazu angetan, nicht bloß bezaubert zu werden, sondern auch selbst wieder zu bezaubern, und als der Prinz bei beginnendem Frühling nach Rheinsberg zurückkehrte, folgten ihm Graf und Gräfin La Roche-Aymon als eben vermähltes Paar.

Karoline Amalie von Zeuner war die Tochter eines seit 1786 als Hofmarschall und Kammerherr im Dienste der Königinmutter stehenden Herrn von Zeuner, aus seiner Ehe mit einer Gräfin von Neale. Fräulein von Zeuner selbst, als der Graf La Roche-Aymon sie kennenlernte, war Hofdame bei der Prinzessin Wilhelmine. Sie war von mittlerer Figur, vom weißesten Teint, und besaß, als besondere Schönheit, eine solche Fülle blonden Haares, dass es, wenn aufgelöst, bis zu den Knien herabfiel und sie wie ein goldener Mantel umhüllte. Niemand kannte diese Schönheit besser als sie selbst, und noch in späteren Jahren wusste sie es derart einzurichten, dass etwa eintreffender Besuch sie womöglich im Negligé überraschen und das Haar bewundern musste.

Wenn die Gegenwart des Grafen schon vorher ein Lichtblick an dem vereinsamten Hofe des Prinzen gewesen war, so war es jetzt, wo »Prinzessin Goldhaar« mit ihm zurückkehrte, wie wenn die Tage früherer Rheinsberger Herrlichkeit noch einmal anbrechen sollten. An Stelle halb pedantischer und halb equivoquer Junggesellenwirtschaft, erschienen wieder die heiteren Grazien, die dauernd immer nur da zu Hause sind, wo schöne Frauen ihren wohltätigen und gern gelittenen Zwang üben. Seit den Tagen Lisette Tauenziens hatte der Rheinsberger Hof diesen Zwang nicht mehr gekannt.

Der Freundschaftstempel mit seinen Inschriften, die die Liebe für eine Torheit erklärten, erschien nun selber als eine große Torheit, und man speiste wieder gern auf der Remusinsel im See, heitern Angedenkens aus jenen Tagen her, wo Kronprinz Friedrich noch der »Constant« des Bayard-Ordens und nicht der Philosoph von Sanssouci gewesen war. Die Gräfin machte die Honneurs des Hauses, war Gast und Wirtin zugleich, und der Prinz, enchantiert, hing nicht nur an jeder Bewegung der schönen Frau, sondern freute sich ihrer Gegenwart überhaupt, alles an ihr bewundernd, ihre Augen, ihren Witz und selbst – ihre Kochkunst.

Ein Abenteuer trat endlich störend dazwischen und warf einen Schatten auf dies heitere Stillleben, das dem Prinzen teurer geworden war, als er sich selbst gestehen mochte. Prinz Louis Ferdinand erschien eben damals von Zeit zu

Zeit in Schloss Rheinsberg, um seinem Oheim, den er beerben sollte, seinen Respekt zu bezeugen. Im Sommer 1800 kam er häufiger als zuvor, kam und ging, ohne dass Wünsche, wie sonst wohl, laut geworden wären. Ein Geplauder im Park, ein Gastmahl auf der Remusinsel, schien alles, worauf sein Sinn jetzt gerichtet war. Die Gräfin saß neben ihm bei Tisch und trug einen Kranz von Teichrosen im Haar, den ihr der jugendliche Prinz auf der Fahrt zur Insel hin geflochten hatte. Sie glich darin einer Wassernixe. So kam der Abend und lautlos glitten die Kähne zurück, nur dann und wann unterbrach ein Flüstern und Lachen die tiefe Stille. Prinz und Gräfin fuhren im selben Kahn. Was heimlich versprochen wurde, wir wissen es nicht, und versuchen nur das Bild zu malen, das die nächste Stunde brachte. Vor dem Fenster der Gräfin lag ein Wiesenstreifen im Vollmondschein, und aus dem Schatten heraus trat der Graf, die Hand am Degen. Ihm gegenüber, auf dem erhellten Rasen, stand der Prinz; typische Gestalten aus Nord und Süd. Am offenen Fenster aber erschien die Gräfin, bittend und beschwörend, und die Degen der beiden Gegner fuhren zurück in die Scheide. Man trennte sich mit einem kurzen »jusqu'à demain«.

Der alte Prinz legte sich ins Mittel und der Zweikampf unterblieb. Ebenso schwieg man über den Vorfall. Aber man mühte sich umsonst, ihn zu vergessen. Die Gräfin war das Licht gewesen, dessen klarer Helle sich jeder gefreut hatte; nun hatte das Licht, wie jedes andere, seinen Dieb gehabt, und eine leise Missstimmung griff Platz. Der Rheinsberger Hof war niemals ein Tugendhof gewesen, war es auch jetzt nicht, und doch sah sich jeder ungern des einen Ideals beraubt, an das er geglaubt hatte. Die Gräfin blieb Mittelpunkt des Kreises bis zuletzt, aber doch mehr äußerlich, und die Blicke, die sich auf sie richteten, sahen sie mit verändertem Ausdruck an. Die letzten poetischen Momente des Prinz-Heinrich-Hofes waren hin.

Trost des Frühlings

Such nicht immer, was Dir fehle,
Demut fülle Deine Seele,
Dank erfülle Dein Gemüt.
Alle Blumen, alle Blümchen,
Und darunter selbst ein Rühmchen
Haben auch für Dich geblüht!

Zuspruch

Du darfst missmutig nicht verzagen,
In Liebe nicht noch im Gesang,
Wenn mal ein allzu kühnes Wagen,
Ein Wurf im Wettspiel dir misslang.

Wes Fuß wär' niemals fehlgesprungen?
Wer lief nicht irr' auf seinem Lauf?
Blick hin auf das, was dir gelungen,
Und richte so dich wieder auf.

Vorüber ziehn die trüben Wetter,
Es lacht aufs neu der Sonne Glanz,
Und ob verwehn die *welken* Blätter,
Die *frischen* schlingen sich zum Kranz.

Sag an: »Es fällt von deinem Haupte
Kein Haar, von welchem Gott nicht weiß« –
Und was der Tag uns Größres raubte,
Das fiele nicht auf Sein Geheiß?!

Trag es, wenn seinen Schnee der Winter
In unser Hoffen niederstiebt,
Ein ganzer Frühling lacht dahinter:
Gott züchtigt immer, wen Er liebt.

Lass in dem Leid, das Er beschieden,
Den Keim uns künft'gen Glückes schaun,
Dann kam der Tag, wo Freud' und Frieden,
In unsrem Herzen Hütten baun.

Nicht Glückes bar sind deine Lenze,
Du forderst nur des Glücks zu viel;
Gib deinem Wunsche Maß und Grenze,
Und dir entgegen kommt das Ziel.

Wie dumpfes Unkraut lass vermodern,
Was in dir noch des Glaubens ist:
Du hättest doppelt einzufodern
Des Lebens Glück, weil *du* es bist.

Das Glück, kein Reiter wird's erjagen,
Es ist nicht dort, es ist nicht hier;
Lern' überwinden, lern' entsagen,
Und ungeahnt erblüht es dir.

Ein letztes Aufblühen …

»Die Ruh ist wohl das Beste
Von allem Glück der Welt,
Was bleibt vom Erdenfeste,
Was bleibt uns unvergällt?
Die Rose welkt in Schauern,
Die uns der Frühling gibt,
Wer hasst, ist zu bedauern,
Und mehr noch fast, wer liebt.«

Unwiederbringlich

Eine Erinnerung an glücklichere Tage

In »Effi Briest« (1886), Fontanes berühmtestem Roman, geht die junge, lebensfrohe Effi eine Ehe mit dem sehr viel älteren Baron Imstetten ein, die letztendlich scheitert. Von ihrem Mann verlassen, von ihren Eltern verstoßen und schwer krank verlebt Effi ihre letzten Tage in Berlin, wo der Arzt Niemeyer sie betreut …

Das ging so den ganzen Winter durch, sehr zu Effis Leidwesen. Als dann aber, Anfang April, die Sträucher einen grünen Rand zeigten und die Parkwege rasch abtrockneten, da wurden auch die Spaziergänge wieder aufgenommen.

Einmal gingen sie auch wieder so. Von fern her hörte man den Kuckuck, und Effi zählte, wie viele Male er rief. Sie hatte sich an Niemeyers Arm gehängt und sagte: »Ja, da ruft der Kuckuck. Ich mag ihn nicht befragen. Sagen Sie, Freund, was halten Sie vom Leben?«

»Ach, liebe Effi, mit solchen Doktorfragen darfst du mir nicht kommen. Da musst du dich an einen Philosophen wenden oder ein Ausschreiben an eine Fakultät machen. Was ich vom Leben halte? Viel und wenig. Mitunter ist es recht viel und mitunter ist es recht wenig.«

»Das ist recht, Freund, das gefällt mir; mehr brauch ich nicht zu wissen.« Und als sie das so sagte, waren sie bis an die Schaukel gekommen. Sie sprang hinauf, mit einer Behändigkeit wie in ihren jüngsten Mädchentagen, und ehe sich noch der Alte, der ihr zusah, von seinem halben Schreck erholen konnte, huckte sie schon zwischen den zwei Stricken nieder und setzte das Schaukelbrett durch ein geschicktes Auf- und Niederschnellen ihres Körpers in Bewegung. Ein paar Sekunden noch, und sie flog durch die Luft, und bloß mit einer Hand sich haltend, riss sie mit der andern ein kleines Seidentuch von Brust und Hals und schwenkte es wie in Glück und Übermut. Dann ließ sie die Schaukel wieder langsam gehen und sprang herab und nahm Niemeyers Arm.

»Effi, du bist doch noch immer, wie du früher warst.«

»Nein. Ich wollte, es wäre so. Aber es liegt ganz zurück, und ich hab es nur noch einmal versuchen wollen. Ach, wie schön es war, und wie mir die Luft wohltat; mir war, als flög ich in den Himmel. Ob ich wohl hineinkomme? Sagen Sie mir's, Freund, Sie müssen es wissen. Bitte, bitte ...«

Niemeyer nahm ihren Kopf in seine zwei alten Hände und gab ihr einen Kuss auf die Stirn und sagte: »Ja, Effi, du wirst.«

Gulbrandsdal

Die Felsen sind steil, die Schlucht ist schmal,
Der Snöhättan blickt auf Gulbrandsdal.

Und weht es im Sommer heiß und schwül,
So halten die Felsen den Talgrund kühl,
Und starrt es im Winter hoch oben von Eis,
So sprudeln unten die Quellen heiß,
Herbststürme ziehen drüber hin,
Nur Frühling und Friede wohnen darin,
Kein Fieber schleicht, keine Krankheit geht um,
»Tal des Lebens« heißt es drum.

Und die Menschen im Tal verlassen es nie,
Zu hohen Jahren kommen sie,
Keine Last, keine Sorge beugt ihre Gestalt,
Sie werden weiß, aber sie werden nicht alt.

Und drei Lebelang sehen dem Leben sie zu,
Da sind sie müd und verlangen nach Ruh
Und sie rufen den Tod, der aber spricht:
»Ihr müsst kommen, ich komme nicht.«

Und sie steigen hinauf. Und zum ersten Mal,
Um zu sterben, lassen sie Gulbrandsdal.

Paretz

Das Schloss Paretz war für Friedrich Wilhelm III. und seine Frau Luise ein Rückzugsort, an dem sie glückliche Tage mit ihren Kindern verbringen konnten. Sie gestalteten nicht nur das Schloss, sondern das ganze Dorf Paretz nach ihren Vorstellungen eines geordneten Landlebens um. Ihrer Zuneigung zu diesem Ort setzt Fontane in seinen »Wanderungen durch die Mark Brandenburg« ein Denkmal.

Der Winter verging, der schöne Frühling des Jahres 1810 kam; die Königin empfand eine tiefe Sehnsucht, ihr geliebtes Paretz wiederzusehen. Wir finden darüber folgendes: »Am 20. Mai fuhr sie allein mit ihrem Gemahl dorthin – es sollte nach Gottes Ratschluss das letzte Mal sein! Erinnerungsvoll begrüßten sie die alten, traulichen Stätten, die sie so oft in glücklichen Tagen mit Freud und Wonne gesehen; nicht trennen konnte und wollte sie sich von jener Anhöhe im Park, die das Rohrhaus trägt, und die an jenem Tage eine weite Fernsicht über den mit schwellenden Segeln und zahllosen Schwänen belebten Havelstrom mit seinen Buchten und Seen, sowie auf die im schönsten Maiengrün prangenden Wiesen und Äcker bot. Zu ihren Füßen lag das friedsame Paretz, im Grün der Bäume halb versteckt die Kirche. Die Sonne neigte sich; tiefer und länger dehnten sich die Schatten über die Landschaft und mahnten zum Aufbruch. Aber die Königin wollte so lange als möglich an diesem ihrem Lieblingsorte verbleiben; sie wartete bis zum Niedergang der Sonne und sprach dann vor sich hin:

»Die Sonne eines Tages geht dahin;
Wer weiß
Wie bald die Sonne unsres Lebens scheidet.«

Auf den Wunsch der Königin, den Wagen nicht an dem entfernter liegenden Schlosse, sondern hier an der Landstraße besteigen zu dürfen, wodurch der Aufenthalt verlängert wurde, war das Gefährt beim Rohrhause angelangt. Die Königin schritt am Arm ihres Gemahls den kurzen Gang zu Füßen der Anhöhe hinab und durch die Parktür nach der Landstraße.« Das war am 20. Mai. Am 19. Juli starb sie.

Unvergesslich blieb dem Könige die Stätte, unvergesslich das Wort, das sie hier gesprochen. Er besuchte oft diese Stelle, doch stets allein, ohne jede Begleitung. Zum Andenken ließ er hier, wo sie den Park verlassen und den Wagen bestiegen, wo ihr Fuß zum letzten Mal die Erde von Paretz berührt hatte, eine gusseiserne gotische Pforte aufstellen.

Erinnerungen an alte Wörter

Alter Adel und sozialdemokratische Ideen, Vergangenes, Gegenwärtiges und vielleicht Zukünftiges stellt Fontane in seinem letzten Roman »Der Stechlin« gegenüber: Allein auf Schloss Stechlin beobachtet der alte Dubslav von Stechlin den Wandel der Zeiten, versorgt von seinem gleichermaßen alten Diener Engelke …

Es war ein schöner Frühmärzentag, die Mittagszeit schon vorüber. Dubslav saß an der weit offenstehenden Glastür seines Gartensalons und las die Zeitung. Es schien indes, dass ihm das, was er las, nicht sonderlich gefiel. »Ach, Engelke, die Zeitung ist ja soweit ganz gut; nur so für den ganzen Tag ist sie doch zu wenig. Du könntest mir lieber ein Buch bringen.«

»Was für eines?«

»Is egal.«

»Da liegt ja noch das kleine gelbe Buch ›Keine Lupine mehr!‹«

»Nein, nein; nicht so was. Lupine, davon hab ich schon so viel gelesen; das wechselt in einem fort, und eins ist so dumm wie das andre. Die Landwirtschaft kommt doch nicht wieder obenauf oder wenigstens nicht durch so was. Bringe mir lieber einen Roman; früher in meiner Jugend sagte man Schmöker. Ja, damals waren alle Wörter viel besser als jetzt. Weißt du noch, wie ich mir in dem Jahre, wo ich zivil wurde, den ersten Schniepel machen ließ? Schniepel is auch solch Wort und doch wahrhaftig besser als Frack. Schniepel hat so was Fideles: Einsegnung, Hochzeit, Kindtaufe.«

»Gott, gnädiger Herr, immer is es doch auch nicht so. Die meisten Schniepel sind doch, wenn einer begraben wird.«

»Richtig, Engelke. Wenn einer begraben wird. Das war ein guter Einfall von dir. Früher würd' ich gesagt haben ›zeitgemäß‹; jetzt sagt man ›opportun‹. Hast du schon mal davon gehört?«

»Ja, gnädiger Herr, gehört hab ich schon mal davon.«

»Aber nich verstanden. Na, ich eigentlich auch nich. Wenigstens nicht so recht. Und du, du warst ja nich mal auf Schulen.«

»Nein, gnädiger Herr.«

»Alles in allem, sei froh drüber ... Aber Engelke, wenn du mir nu ein Buch gebracht hast, dann will ich mich mit meinem Stuhl doch lieber gleich auf die Veranda rausrücken. Es ist wie Frühling heut. Solche guten Tage muss man mitnehmen. Und bringe mir auch 'ne Decke. Früher war ich nich so fürs Pimplige; jetzt aber heißt es: besser bewahrt als beklagt.«

Was mir gefällt

Du fragst: ob mir in dieser Welt
Überhaupt noch was gefällt?
Du fragst es und lächelst spöttisch dabei.

»Lieber Freund, mir gefällt noch allerlei:
Jedes Frühjahr das erste Tiergartengrün,
Oder wenn in Werder die Kirschen blühn,
Zu Pfingsten Kalmus und Birkenreiser,
Der alte Moltke, der alte Kaiser,
Und dann zu Pferd, eine Stunde später,
Mit dem gelben Streifen der ›Halberstädter‹;
Kuckucksrufen, im Wald ein Reh,
Ein Spaziergang durch die Läster-Allee,
Paraden, der Schapersche Goethekopf
Und ein Backfisch mit einem Mozartzopf.«

Verzeichnis der Texte und Druckvorlagen

Die Texte der vorliegenden Ausgabe folgen – unter behutsamer Angleichung an die neue Rechtschreibung – den hier verzeichneten Editionen; in den Textnachweisen werden sie jeweils mit den angegebenen Titelsiglen abgekürzt zitiert. Die mit * versehenen Überschriften wurden vom Verlag formuliert.

G Theodor Fontane: Gedichte. Stuttgart 2024.
GM Theodor Fontane: Grete Minde. Stuttgart 1993.
SW Theodor Fontane: Sämtliche Werke. Bd. 1–25. München 1959–1975.
RE Theodor Fontane: Romane und Erzählungen in acht Bänden. Berlin und Weimar ²1973.
St Theodor Fontane: Der Stechlin. Stuttgart 2019.
EB Theodor Fontane: Effi Briest. Stuttgart 2019.

Frühlingsgefühle mit Fontane

7 G 43 | 9 GM 30

Der Frühling eines Lebens

11 SW 20 7 | 13* SW 14 52–55 | 16* SW 14 72 f. | 19* SW 14 127–133 | 27* SW 14 153–156

Zeit der Hoffnung

31 G 40 | 33 SW 20 18 f. | 34 SW 20 14 f. | 35 SW 20 7 f. | 36 G 13–15 | 38 SW 20 16 | 39 SW 20 8 f. | 40 SW 20 14 | 41* RE 5 493–503

Ein Fest der Geselligkeit

51 SW 9 289–291 | 55* St 64–66 | 58 GM 29–35 | 66* SW 9 289–291

Trost des Frühlings

71 G 43 | 73 SW 20 27 | 74 SW 20 24 | 75 SW 20 23

Ein letztes Aufblühen …

77 RE 6 50 | 79* EB 316 f. | 81 G 49 f. | 82 SW 9 317 | 84* St 369 f. | 86 SW 20 45 f.